支持原创

献给真心喜爱漫画的同人

目录

要你好画

Make your painting best

动漫教室

角色塑造

王　嵩 Wang Song / 编著

福建美术出版社

男一号

绝大多数漫画的男主角都是帅气的、正义的、富有智慧和力量的。不论作品的主角采用的是正面还是反面的角色，都有一个共通点：相貌端正，仪表堂堂。所以大多数的主角设定较为中规中矩，没有太大的缺陷，常给人无懈可击的感觉，并能较容易地认出其在作品中的主角地位。

男一号–星矢《女神的圣斗士》

帅哥的CG步骤

在Photoshop里新建一张画纸，用笔刷大胆地将心目中角色的造型涂绘出来，线条块面凌乱一些都没关系。

用较深的色彩画出角色的五官。

用橡皮配合画笔将角色的面部结构一点点小心地理出来。

将线稿层的属性设置为“正片叠底”，在下方新建一个图层，铺上角色的固有色。

接下来确定出画面角色的光源位置，开始刻画细部。

新建图层，属性为“正片叠底”，给角色加上阴影，注意，因为我们画的不是很清秀的女孩，所以笔触凌乱犀利一些也可以。

调整刻画角色的面部结构，这里我们力求将角色描绘得既帅气又富有沧桑感。

这个角色的头发我们可以处理得更大胆些，不需要画太多的细部结构，只要分清头发受光面和背光面就行。

新建图层，属性为“正常”，用吸管吸取先前铺设好的色块，继续刻画角色的脸部，可以覆盖掉一些突兀的线条。

刻画中注意角色的表情，特别是眼神尽量保持最初的感觉，然后我们开始刻画头发。

我们来提角色的高光，注意这里的光源在右侧，所以眼睛里的高光应该是靠近光源的一边强一些，另一边弱一些。

我们给角色的背光面加上反光，反光的色彩可以选择肤色的补色，例如冷灰色，这样会让角色看上去更立体。

校对一下结构和表情，调节一下色彩，角色设定基本完成。

女一号

女性主角与男性主角略有不同，不仅仅在外表上富于美感，其在性格特征上也较男性主角更为鲜明，这在近几年的漫画作品中更为突出一些。读者也越来越发现，不论是邻家女孩还是野蛮女友，不论是御姐还是萝莉，鲜明的个性成为了她们作为主角地位的有力象征。

女一号–TIFA《最终幻想》

文静女孩CG步骤

在Photoshop建立一张新画纸，用有压力感应的笔刷将人物的大致轮廓勾勒出来。

细化头发的层次，加上阴影。

将一些初始的辅助线擦去，画上粗略的五官。

调节笔刷的强度，将五官的细部交代一下，并可大胆地画出部分阴影，加上颈部和肩膀的阴影。

加上服装的细节并校对线稿。

将线稿层的属性定义为“正片叠底”，并在下方建立新图层，填充色块，注意，这里填充的色彩会影响到整个作品的基础色调，这里我们选择的是暖灰。

建立新图层，在新图层，属性为“正常”，在新图层上用笔刷将原有的一些笔触过重的地方覆盖掉，可以吸取原有的色彩，再在拾色器中将色彩调得更饱和些，因为是女孩，所以色彩可以偏粉润些。

再建立一个新图层，属性为“正片叠底”，用较浅的色彩将人物的一些固有色划分出来。

嘴唇的部分选用浅桃色小心地盖过原有的线稿。用同样的肤色将人物颈部和肩膀的位置也处理一下，让女孩的肌肤看上去更水润。

人物的表情是传达情绪的符号，所以在处理眉宇间的部分时要格外谨慎，我们还是吸取原有的色彩再加以调整，这样不会使得这个局部的色彩有些唐突。

深入刻画眼睛，注意眼睛中反光的位置，它会影响到角色的眼神定位，画眼睛的时候要不时地拉远画面来校对眼神。

在眼珠的色彩选择上，我们选择了一个接近于发色的褐色。

一般靠近上眼皮的地方，颜色会较重一些。注意在深入刻画眼睛的时候不要一味将眼白部分画得太白，要关照到整体。

我们开始刻画嘴唇，如果怕弄坏先前的色稿，我们可以再建立一个新图层，属性为“正常”，吸取原来的唇色，再将它调得饱和一些，这里我们选择的是浅桃色做为嘴唇的基础色。

可以利用一些色彩明度上的对比来拉开头发的前后关系。给头发提高光，可以选择高亮的色彩，当然如果你喜欢更生活化的发色也可以选择偏灰一些的亮色。画头发高光的时候要注意光源的位置，不要面面俱到，注意主次和虚实。

用桃色将嘴唇上的结构画出来，不要沿唇线将整个嘴唇平涂，注意留出高光的位置，用较深的颜色画出嘴唇内侧。修整掉嘴唇下方过厚的一些部分，然后我们开始画头发。

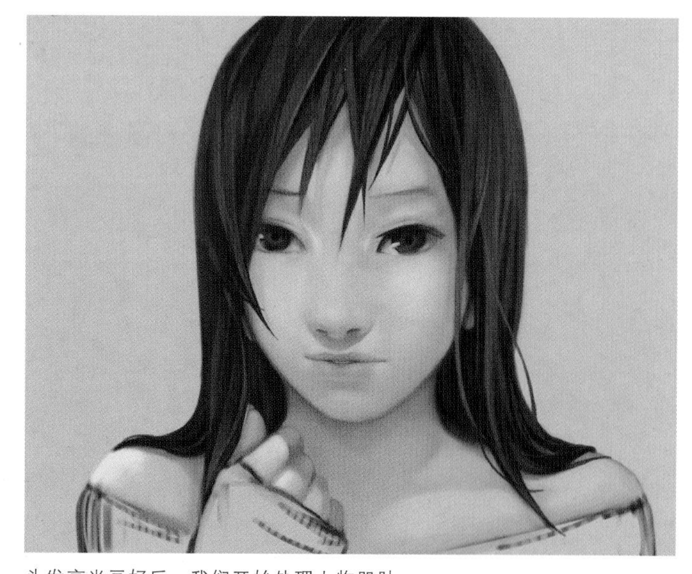

头发高光画好后，我们开始处理人物肌肤的高光，这里可以看出，画面的光源基本是从画面的左侧来的，所以我们在人物的右肩上加上较亮的高光。

正面角色小剑士

先用动画铅笔在纸上画出大致结构。

用动画铅笔将粗结构细化。

动画铅笔工序基本完成。

用自动铅笔开始刻画角色的五官，注意正面角色的眼睛大多是大而圆的。

用笔的时候注意不要有多余的线条。

用自动铅笔开始刻画角色身上的衣着，用笔注意简洁。

同时要注意对比细部的结构。

用自动铅笔将人物的衣着沿着之前动画铅笔的结构画下来。

在一些衣服与衣服重叠以及衣服与皮肤接触的地方可以大胆地将阴影画出来。

人物主体部分完成。

给人物加上装属道具，让他更为个性化。

女二号

通常会有两种类型：甜美人和冷美人，通俗点说就是可爱型和冷艳型。并且她们会将剧情所赋予她们的这些性格特点发挥到极至。补充一点，不论她们如何发挥，始终无法超越女主角的地位和影响力，这点或许和男性角色不同。

女二号–早百合《天使心》

女刺客设定

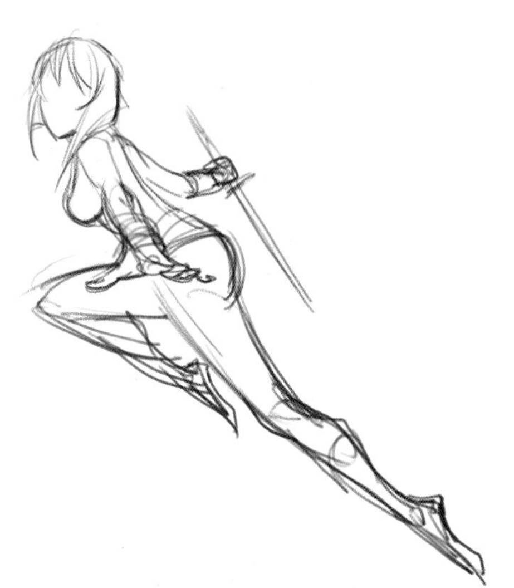

在Photoshop中新建画纸，用笔刷将角色的动态和大结构画出来。

细化角色的衣着和结构，画出面部表情。

将线稿层属性设置为“正片叠底”，在下方建立新图层，给角色铺上固有色，注意，我们设计的是一名女刺客，所以服装的色彩上我们选择了蓝灰色。

新建图层，属性为“正片叠底”，画出角色的大体阴影。

画衣服的时候同样可以从原来铺设的色块中吸取颜色，但可以在拾色器中调得饱和一些。在画色彩的时候也同样要关顾到明暗关系。

新建图层，开始细画角色，用笔刷覆盖掉原先的线稿，注意色彩可以从原先铺设的色块中吸取。

画角色的面部五官，因为这个形象我们采用的不是很写实的风格，所以在角色的表情上可以处理得更卡通一些，用色也可以更饱和一点。

在画衣服细节的时候，我们可以将衣服的质地设计成类似潜水服的紧身效果，再配以一些盔甲状的护甲。

将一些凌乱的线稿覆盖。在画她的刀时，色彩要符合整体基调，不能太突兀。将脸部和五官完善。画上手部的护甲。

给角色的护甲加上一些条纹，让她看上去更加富有科幻色彩。

校对整体结构和细节并调节色彩，角色设计基本完成。

彪悍型角色

但凡经常接触漫画或游戏的朋友都会发现，彪悍型角色在漫画作品里出镜率是很高的，几乎每部漫画，每部RPG的游戏里都会安排一个这样的“狠角色”。他们往往崇尚力量且忠心耿耿，是作品中一个相当可靠的“大叔”，有时甚至会成为扭转局面的重要力量。

力量形角色《罪恶装备》

牛头士兵

用动画铅笔在纸上将我们最初的想法鲜活地表现在纸上。

在草稿确定完后，我们开始用自动铅笔细致地刻画角色的形体。

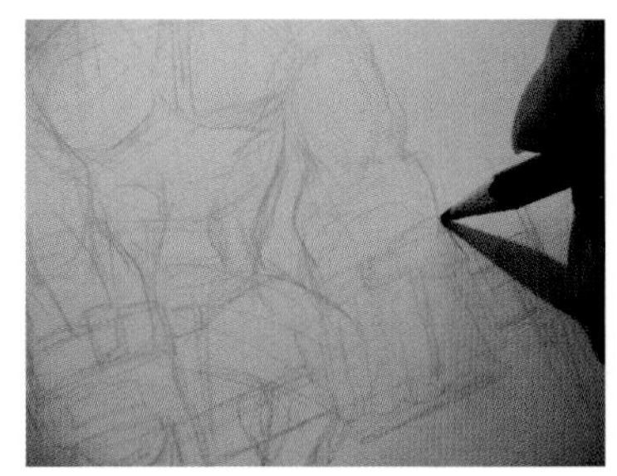

画的时候可以从大的形体结构和角色姿势入手，可以先用简单的几何形体来表现，然后再加上细部的结构。

这时你会发现，有了前面动画铅笔的铺设，我们在用自动铅笔刻画的时候会轻松和准确许多。

注意，这时的线条会很凌乱，没有关系，动画铅笔的工序是让我们把自己最鲜活的想法最快地表现在纸上，所以可以放开大胆地用笔。

回过头来说这个角色，我们这次画的是一个牛头的士兵，有着半人半兽的血统，因此我们在一些细节的处理上要顾及到这个角色的特色。

在护甲的其他部位，我们加入了一些中国风的元素，让这个角色的背景更加有趣。

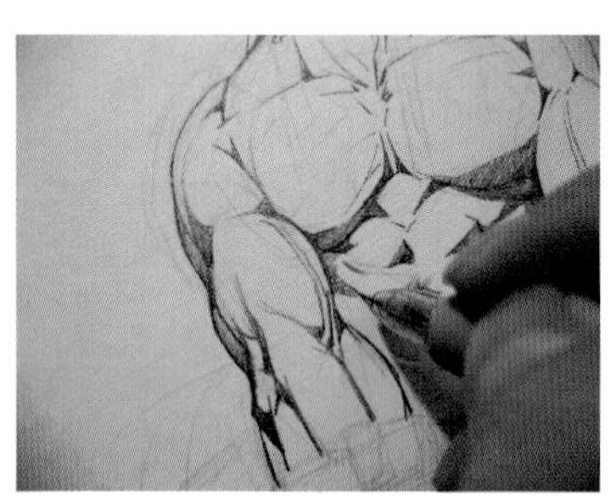

强壮的肌肉结构是这个角色不能缺少的。

我们将他的腿设计成牛的形状，让他与“牛头士兵”这个半人半兽的形象更加贴合，也更增添了角色的魅力。

在手部的护甲上我们给这个角色设计了一个很有意思的怪物脸形图案。

然后我们给角色制作一个符合他个性的武器，冒着火焰的锥子状木锤是一个不错的选择。

基本完成，将画面拉远看看。

智慧型角色

在众多漫画中，这样的智慧型角色常常被披上神秘面纱，在剧情中起到穿针引线的作用。他们可以由男性扮演也可以由女性扮演，可以是正面一方也可以是反面一方。在造型设计上，他们大多身形瘦削，没有太多面部的夸张表情，并配以许多相关道具和该角色特有的一些动作，这一切都使得这个角色更加扑朔迷离，富有魅力。

型角色-诸葛亮-《三国无双5》

智慧型角色–柯南《名侦探柯南》

搞笑型角色

传说中的丑角，也是绝大多数漫画作品中不能缺少的一个形象。这类形象的性格通常阳光开朗，有特别的爱好和特别的出场方式，喜欢在最紧张或者最险要的关头跳出来，能起到舒缓读者神经的作用，是作品的一个调味剂，能给人留下深刻的印象。

搞笑型角色—饭团《飞轮少年》

大反派

看到这个名字，大家脑海里是否都已浮现出无数个经典形象？不错，这个就是90%的漫画作品中不可或缺的角色：大反派。大反派是什么？就是所有反面角色的头头啊！或者说是全剧中主要矛盾的一方的领军人物，是一个重要角色，其重要性不亚于主角。在造型的设计上，我们所熟知的一些大反派常常是体型健硕，面目可憎，威力无穷（就比主角小一点点），野心勃勃。

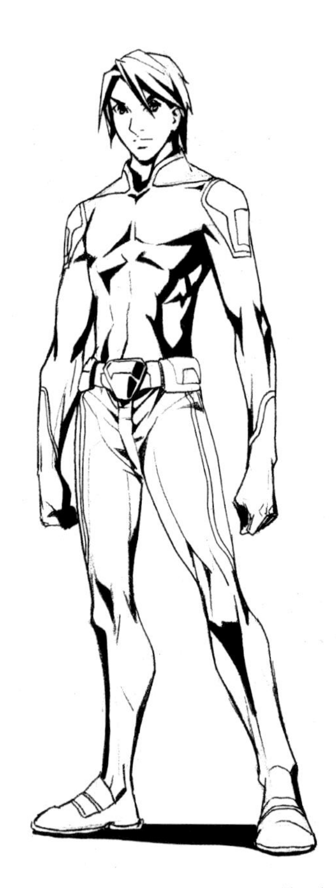

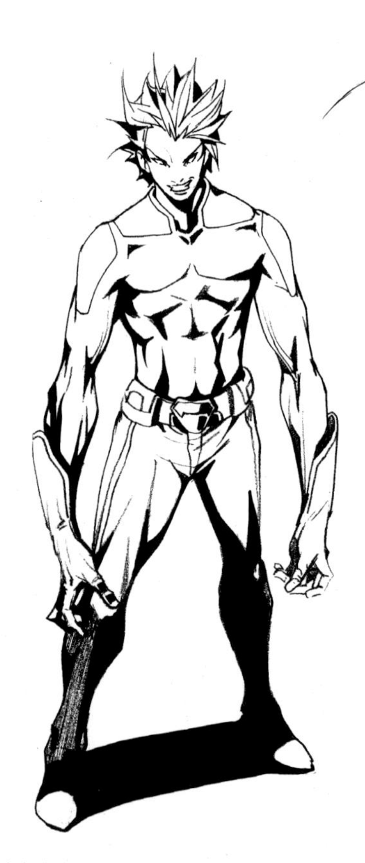

同一造型的正反面角色对比

但值得注意的是近年来的漫画作品越来越喜欢把大反派和智慧型角色集合在一起，使得他们不再是肌肉发达头脑简单的形象，而更多的是融合了智慧和心机的新反派形象，甚至在立场和出发点上他们也不仅仅局限于“邪恶”这一层面，有时还出现了亦正亦邪的形象，使得反派形象更加的鲜活更加的富有人性和魅力。

力量型反派-吉斯《CAPCOM VS SNK》

量型反派-维加《CAPCOM VS SNK》

力量型反派-ZERO《KOF2000》

战士设定

给他加一条冲天马尾效果更好，再给巨斧加上细节，例如链条。

在Photoshop中新建一张画纸，用笔刷画出角色的动态和角度。

将角色的结构细化，我们设计的是一个拿着巨斧的蛮族战士，所以在整体的设计上，将斧头的份量放得很大，这样可以突显他的力量。

细化线稿，标示出几个重要结构和整个画面的光源方向，便于接下来的上色。

将线稿层的属性设置为“正片叠底”，在下方建立一个新图层，给角色铺上固有色，这里我们给他设计了一个红色的马尾，是勇猛的象征。

新建图层，属性为“正片叠底”，给角色画上阴影。

新建图层，开始细画角色，从肩膀和背部开始，用吸管吸取原来的颜色，小心得将一些凌乱的线稿覆盖。

在画的时候不但要注意调节色彩的纯度，还要反复校对结构和光源。手部也要注意肌肉的结构。

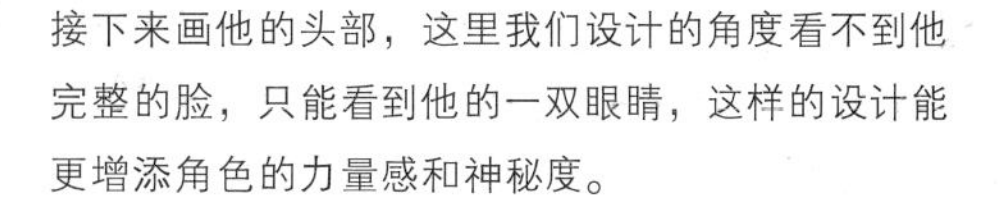

接下来画他的头部，这里我们设计的角度看不到他完整的脸，只能看到他的一双眼睛，这样的设计能更增添角色的力量感和神秘度。

画他的衣服，用灰色来画他的衣着，我们之所以没有选择鲜亮的颜色除了因为他是一名蛮族战士外，还因为要避免和他鲜艳的发色相冲。

给他画上腰带和铁制的护腕。

在腰带上镶上宝石，并画上花纹，刻画靴子上的花纹，给这名战士增添一些古老文明的印记，同时也体现了他在军中的地位。

刻画他的武器，先用一层灰色来分出金属的固有色，注意靠近刀刃的地方，颜色要浅些。

用深一些的颜色来画出斧头上的锁链和细节。

细化结构，画出斧头的柄。

用偏亮点的灰色来提斧头的高光。

在斧头上叠加一层金属质感的素材，来增添它的重量感。

怪物的画法

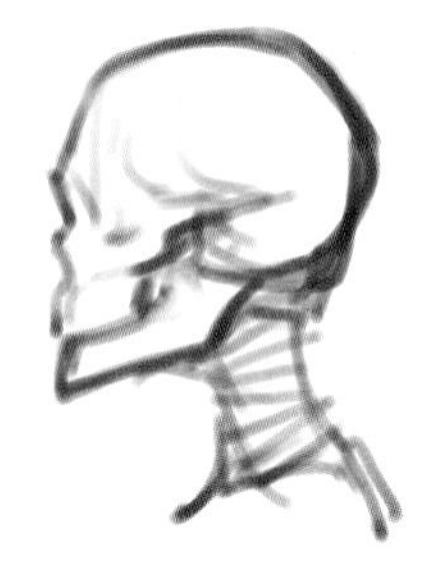

在Photoshop建立一张新画纸，用笔刷画出一个人类的头骨，之后我们这个怪物将会由它变形而来。

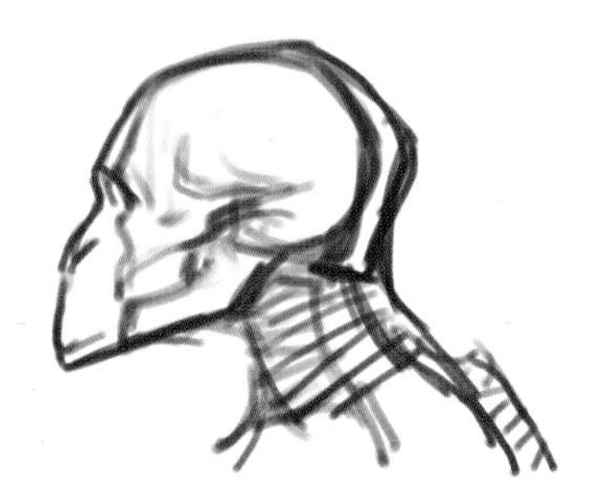

在人类头骨结构的基础上，我们做些大胆的变形，将眉弓，鼻骨和下颚同时向前突出，加粗颈骨和脊椎。

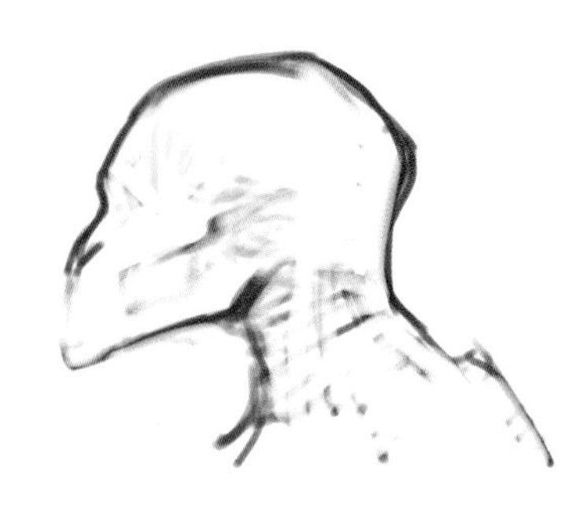

用橡皮擦拭掉重叠的凌乱线稿，一个怪物的雏形已经出来，其实一个基于已知生物结构衍生而来的怪物形象可能更容易引起人们的兴趣。

骨架确定后，我们给它加上肌肉结构，这个过程是否让你想到了一些电影特效中的模型制作呢。

画出怪物的耳朵还有肩胸等部位，它的肌肉结构基本确定。

当我们画出它露在嘴边的牙齿和耳朵上的耳环的时候，一个肌肉健硕，面目狰狞，头上长有毛刺的异类种族已经粗略地展现在我们眼前。

将线稿属性定义为“正片叠底”，并在其下新建一个图层，填充以色块，因为我想把这个怪物设计成肤色有些偏绿的样子，所以我选择了蓝灰色来填充。

新建图层，设置为“正片叠底”，为怪物画上阴影。校对线稿里的一些细节，并画上一些斑点。

新建图层，属性为“正常”，现在我们开始深入刻画角色，先从脸部最高的突起，颧骨开始。

从颧骨向耳朵和眉弓延伸开来画，不时地吸取原先铺好的色彩。在画耳朵的时候可以参考现有生物耳朵的样子，比如人类和蝙蝠的耳朵，注意笔触可以保持尖锐，不用画的太光润。

我们沿着嘴部开始刻画怪物的下颚，注意其皮肤上的褶皱和肌肉的结构。

沿着下颚向下，画出它的颈部，体现它粗壮的颈部肌肉，再加上一些暴起的青筋。将怪物的肩膀和胸部画出来。

我们接着刻画它的鼻子和嘴唇，它的鼻子参考了猿和猩猩的鼻子结构，嘴部则是参考了蜥蜴和恐龙的感觉，但又要把他们有机地结合在一起。

我们接着画它露在嘴边的牙齿，注意不要每一颗都很仔细得刻画出来，要有主次。

接下来我们来画怪物头上的毛刺，这种结构有些借鉴了鸟类和一些蜥蜴的造型，让这个造型既接近与一种文明生物又有古生物的生理结构。

刻画怪物的眼睛，我们特意将怪物的眼睛设计得很小，看上去更加接近异类种族，瞳孔的结构借鉴了蜥蜴。

给它的眼眶和颧骨上画上高光，这里我们要注意的是，这个怪物的皮肤特性，是像人类一样的肤质还是像爬行动物一样的肤质，我们选择了后者，所以画上的高光更亮，更有光泽，让整个皮肤看上去爬行动物。

我们给眉弓和耳朵也加上高光，并开始细化前额上的毛刺。

我们在画毛刺的时候注意不要画得像人类柔软的头发，可以处理得相对刚硬一些。

在几个细节都基本完成后，我们给它加上一些斑点，这让它看上去更像是一种生活在沼泽的生物，如果你怕加上的斑点机理会破坏整体的话，可以在新建的图层上加。

画上较亮的背景，拉开背景和角色的层次感。校对细节和结构，并对整体画面的色彩做出调整，画面基本完成。

特殊角色和隐藏角色

这类角色的设定不仅仅是为了剧情，更多的还是考虑到故事的耐读性和游戏的可玩性，娱乐的成分多于剧情的需要。当然也不是说这些角色就可有可无，其实很多漫画和游戏正是由于增加了这些特殊角色和隐藏角色才使得整部作品更加的丰满起来。

1）特殊角色

这类角色多为追加型角色，换句话说是为了阐明故事中的某件事或主要角色间的某种关系而特意加入的，可以说是起到串联和线索的作用。由于其身份的神秘，出场的戏少，在造型上可以尝试大胆的设计，可以由此给读者留下深刻的印象，成为一个成功的人气角色。

隐藏角色－卢卡尔《CAPCOM VS SNK2》

追加角色－洗脑肯－《SNK VS CACOM》

2）隐藏角色

这个词语在很多游戏中都可以看到，有的游戏为了增加作品的耐玩度和娱乐性，特别设计了几名隐藏角色，同样在漫画中我们也可以为作品设计这样的形象。他们可能在立场上完全不同于正面角色或反派角色，而处于中立位置，也可能他们与主角或反派有着某种联系……种种的设定都是为了增加该角色的神秘，而神秘和难以琢磨恰恰是隐藏角色的魅力所在。

我们在Photoshop中新建纸张，用简单的几何形画出人物的身体架构，注意，因为是Q版人物，所以头身比例我们选择1:3左右。

隐藏角色-坏帝尤加《侍魂》

在原有几何形的基础上，我们对角色进行细化，并修改动作。

Q版角色CG步骤

将角色的头发、表情和服装刻画出来。

将线稿层设置为“正片叠底”，并建立新图层，属性“正常”，给角色填充固有色。

细化线稿，并整体校对比例和动作。

新建图层，属性为“正片叠底”，给角色铺上一层阴影，注意阴影的选色尽量和整体色调吻合。

建立一个新图层，属性为“正常”，从角色脸部开始我们慢慢来刻画角色，此时可以覆盖掉原先的一些凌乱线稿。

我们开始画头发，可以吸取原来的色彩，并覆盖凌乱的线稿。发髻的刻画，在这里我们采用的是块面感比较强的方法。

先给角色画上鞋子，这里我们给她设计了一款非常有中国味道的棉布鞋，鞋尖的一个绒球可以起到点睛的作用。

手部也采用同样的方法，注意画的同时要反复校对比例和色彩。

角色的衣服，注意因为是Q版角色，要体现角色饱满的身材。

观察一下整体角色，给角色加入一些细节佩饰元素，可以让角色更加丰满一些。

给角色的衣服加上花边，使的角色的衣服不会很单调。

校对比例和动作，并调整画面的色彩。

幽默Q版形象《Jasen Strong》

幽默Q版形象《Jasen Strong》

幽默Q版形象《Jasen Strong》

幽默Q版形象《飞轮少年》

图书在版编目（C I P）数据

要你好画·角色塑造/王嵩著.——福州：福建美术出版社，2008.6
(第七个桔子动漫教室)
ISBN 978-7-5393-1994-0
Ⅰ.要… Ⅱ.王… Ⅲ.漫画-技法(美术) Ⅳ.J218.2

中国版本图书馆CIP数据核字（2008）第082497号

要你好画—第七个桔子动漫教室·**角色塑造**

作　者：王　嵩
出　版：福建美术出版社
发　行：福建美术出版社发行部
印　刷：福州德安彩色印刷有限公司
开　本：889×1194mm　1/24
印　张：2
版　次：2008年6月第1版第1次印刷
印　数：0001-5000
书　号：ISBN 978-7-5393-1994-0
定　价：18.00元